玉　響《たまゆら》

小仲佳代子歌集

紅 書 房

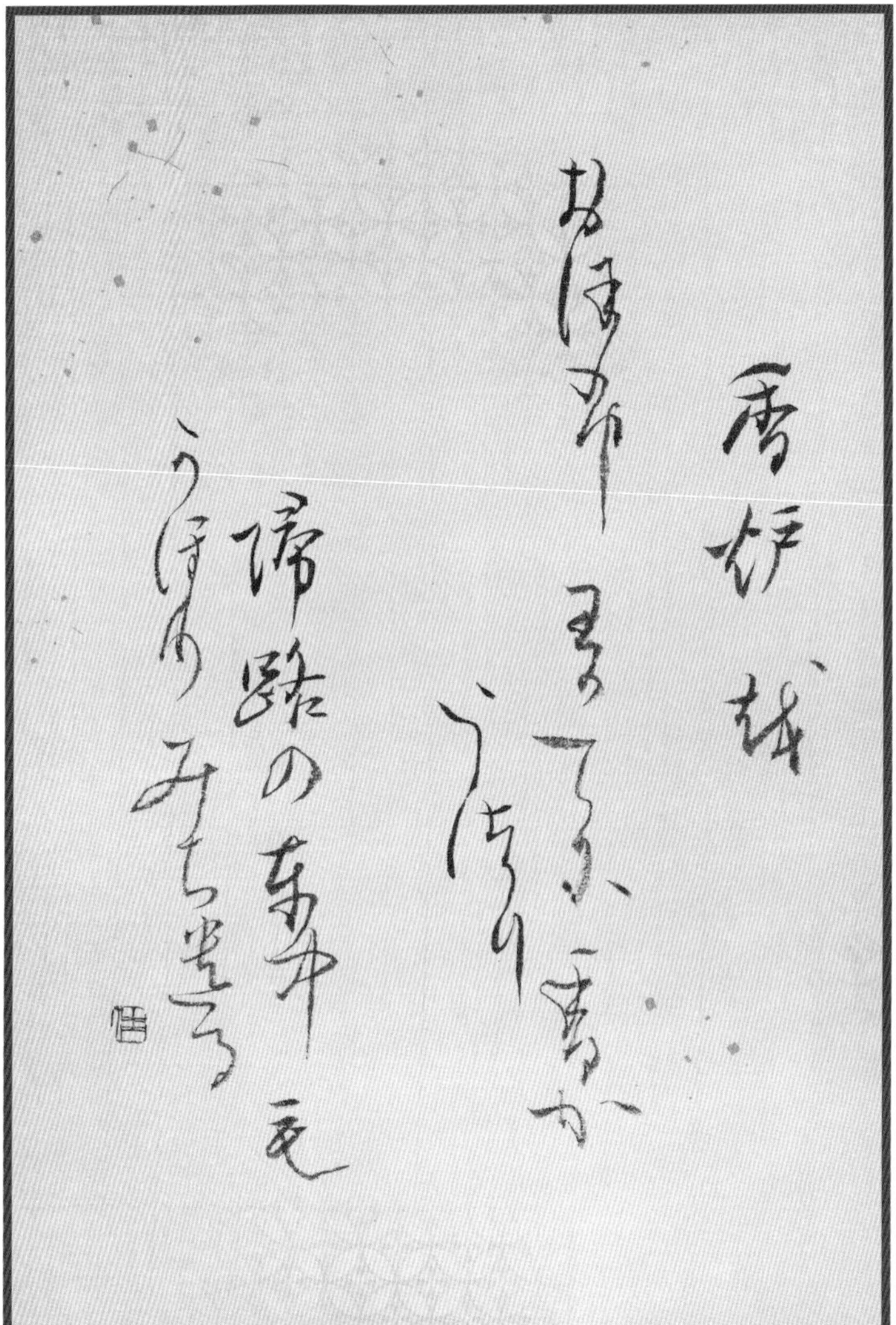

香炉をおほふ
わが掌に
香が移り
帰路の車中も
香り満ちゐる

著者詠・書

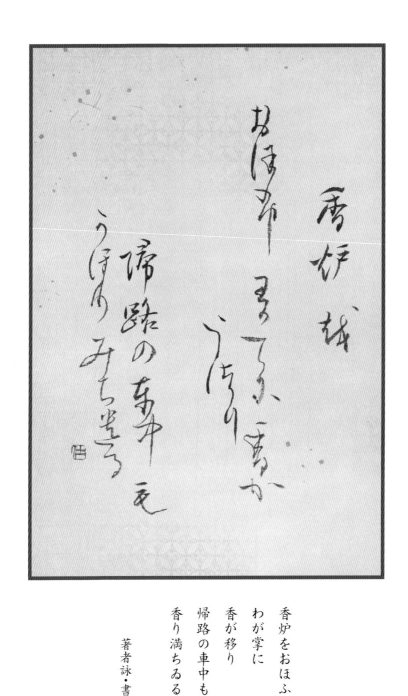

玉響（たまゆら）

お祝いひとこと

この度《たび》、歌友であり香友でもある小仲佳代子さんが歌集を出されることを、心から喜んでいる一人です。御家流香道のご宗家、三條西堯山先生の講座が東京虎ノ門の霞友会館（元華族会館）で開かれることを知って、その講座に私も加えて頂くことが出来たのは、当時執筆中だった『源氏の薫り』（一九八六年求龍堂刊）の参考に、と考えてのことでした。そこには三條西先生の令嬢木下咊子《たか》さんや姉上の四条淑子《はつ》さんなども加わっておられ、たまたま幼いころ通学した女子学習院の同級生であった木下さんと、何十年ぶりにご同席できたのも、今はなつかしい思い出です。

ごく小人数の講座の中には香道のベテランの方々も加わっていらしたので、私などは小さくなっていましたが、その中で一番お若くてまた熱心に学んでおられたのが、この本の著者である小仲佳代子さんでした。

小仲さんは日本香堂会長夫人として、香木の買付けなどにも積極的に海外を飛び回っておられましたし、国内での香道の普及にも熱心で、私ども昭和初期生まれの人間から見ると、新しい日本女性の姿として、たいへん嬉しく頼もしく見えたものでした。その小仲佳代子さんが、このたび初めての歌集を上梓されることを、心からお慶《よろこ》び申し上げます。

これをまた一つのステップとして、一旦、すべての過去を忘れて、更に新しい未来を拓かれて行くことを希望申し上げております。

佳代子さん、ご出版ほんとうにおめでとうございます。

二〇二一年三月

尾崎左永子

玉響——目次

お祝いひとこと……尾崎左永子　2
山藤の花……9
樫の葉……12
菩提樹の実……15
吾亦紅……18
琥珀の月……21
木附子……24
オリオン座……27
夏日……30
白木蓮……33
神楽鈴……36

きじばと……39
山鳥の尾羽……42
ヴェネツィアグラス……45
甍……48
指輪……51
杜鵑草……54
辞書の香……57
野あざみ……60
菖蒲苑……63
ことばひとひら……66
菊祭り……69
フェイスブック……72
彩雲……75

お家流香道　お初会記録

昭和六十年……81
昭和六十一年……82
昭和六十四年……83
平成五年……84
平成六年……85
平成七年……86
平成十一年……87
平成十二年……88
平成十六年……89
平成十七年……90
平成十八年……91

平成二十年 …… 92
平成二十一年 …… 93
平成二十三年 …… 94
平成二十五年 …… 95
平成二十七年 …… 96
平成二十八年 …… 97
平成二十九年 …… 98
あとがき …… 100

カバー・須田寿画伯作「古跡の鳩」
見返し写真・「蓼科湖」著者撮影
装幀・木幡　朋介

山藤の花

浅き濃き新緑にいま夏近し連なり咲ける山藤の花

日暮れ待ち船を繰り出し蛍狩り漆黒の島に光飛び交ふ

整然と青田連なり森茂る豊饒の国に今帰り来ぬ

山際に夕日沈みて空一面きり金細工の模様を成せり

来ん年も共に見むとぞ誓ひしがひとり見桜その色悲し

紅のミニバラの葉の下の棘ひとつの不安わが胸を刺す

樫の葉

山茶花の木群に囀るメジロの声昼の日ざしにやさしくつづく

初夏の庭に椋鳥繁々来鳴くあり隣家の戸袋に雛育つらし

染付の柳橋香炉に聞く香は越南渡来の甘辛き伽羅

樫の葉の大きく広がる空間は暑き真昼も涼風に満つ

朝の道連れ立つときにレトリバー犬われをふり仰ぎ眼にて語り来

六歳の孫の電話に口早の若者言葉聞きて驚く

菩提樹の実

頭上には菩提樹の実が揺れてゐる南仏の午後会話はつづく

プラタナスの丘蟬の声槐花の薫る坂道をわがのぼりゆく

教会の鐘楼の鐘が時刻むアルルのゆふべ紫の雲

南仏の丘にて草食む薄茶色の牛は長閑な目に吾を見つ

遠山の雨雲たちまち迫り来て夕日射し入り虹懸かりたり

白樺の葉先に秋風届く日は群青いろの空透き渡る

吾亦紅

斜めより夕光受けて輝けり木々の葉先にきらめく雫

赤とんぼその紅色に思ひ出す母が私に締めた帯締め

山頂に登れば樅ノ木傾けり北風強く受けた形に

山の端に片割れ月が掛かる時しきりに思ふ失ひし人を

ひと夏を高原の家に過ごしきが吾亦紅の花飾りて終る

百日紅秋立ちて後も燦然と庭の一隅に今日も華やぐ

琥珀の月

垣根には白き小さき花ありて芳香放てる棘もつ柊

冬枯れの朝の公園鳩の群くぐもる声の温かくして

ホームまで娘を見送る老母あり柔和な顔に冬日の差して

香箱のふたの蒔絵に埋められし琥珀の月はほのかに光る

寒き朝紅梅のつぼみひらきたり心ほのぼのと春近からん

月食が終りて闇より現れし赤銅色の月をあやしむ

木附子

朝の部屋にコーヒーの煎る音満ちて今日の「やる気」を後押しするか

夜の更けに湯槽あふるる湯に沈み心も共に癒されてゆく

新緑の山並みに夕日あかるくて靄沈む谷の道をわが往く

木附子咲き白樺の葉も広がりて蓼科にいま春来たるらし

遠き日の写真の吾は不安げにみひらく大きな目をしてゐたり

住み慣れし家移りゆく時来しが別れ難きは木立も鳥も

オリオン座

新しき家に移りて夜の空にオリオン座の位置たしかめてをり

西空に上弦の月低くあり壁面のごとく心いざなふ

春日さす東京を離れ来たりしが関ケ原にて雪景色となる

朝日浴びてきびきび動く工事人活気はじまる高層ビル街

諍ひの声荒立つを寄りて来る犬は大きな眼に吾を見上げつ

湯上りに身体伸ばしてヨガをする心解かれる深夜十二時

夏日

風のなき朝の草叢匂ひ立ち夏日の暑き予感の萌す

階下より犬の水飲む音聞こえ吾はメールをパソコンに打つ

稲妻が空を切り裂き雷鳴のとどろきて吾はひとりをののく

残光が山の端照らし今一度かがやく茜に空を染め行く

昼過ぎに涼風立ちてあきつ飛び蓼科の夏今終るらし

採血のわが血の色は蘇芳色わすれまい吾にも青春ありき

白木蓮

元旦の朝陽を受けて白木蓮銀芽かがやき心はひらく

会ふ事を約束せし人逝きしゆゑ白梅咲けど心寂しも

かぎろひの中に桜の枝先はほのかに染まり春近からん

春立つ日「面影」といふ名香を聞きて逝きたる人を偲びぬ

公園の日だまりに咲く寒椿中にめじろの番《つがひ》さへづる

病院の待つ間に入る珈琲店冬の朝日にビル群輝く

神楽鈴

春立つ日孫が忘れしゴム風船わが歩く時ふあふあ動く

病む犬に自らの掌より水やりて共に過ごしぬ日々は還らず

巫女の振る鈴の音浄し雪降る日宮に参りて厄払ひ受く

地下道の湧き出るやうな人の群れに吾は必死に逆らひ歩く

香炉をおほふわが掌に香が移り帰路の車中も香り満ちゐる

星よりも明るく光る飛行体今日も二機飛ぶわが町の空

きじばと

新しき家に移りて二年過ぎもみぢの若葉に今風渡る

街路樹の青葉広がる歩道行くすひかづらの香に夏は来向かふ

青葉越え厨に届くきじばとの声はくぐもる曇り日の午後

くちなしの香り沈みて夜の道にスマホ見る人顔青白し

人溢るる祇園祭の河原町木陰に入れば熊蟬の鳴く

太陽の沈むに連れて虹動き山の端越えて空に架かりぬ

山鳥の尾羽

花摘みて籠に生ければ風が見ゆ岡虎の尾と節黒仙翁

山栗のいまだ柔らかき青き毬たわわに実る木下を通る

華やげる山鳥の尾羽を拾ひたり帽子に飾り山道を往く

木蓮の光る銀芽は天を向き冬木透かして夕陽差しくる

春日浴び籠のインコの囀りの高らかに響く日曜の朝

春の日に香炉に炷ける伽羅「茜」木目整ひ甘き香を放つ

ヴェネツィアグラス

光差す若葉耀ふ木の下に風がそよぎて樟の香涼し

新緑の葉叢に朱の明らけく柘榴花咲く朝光の中

朝の日がヴェネツィアグラスを通るとき七色の虹わが部屋に満つ

朝影に白きふようにに水を撒くホースの先に揺るる虹の輪

櫟林木漏れ日とどく道を行く今日も課したる吾の五千歩

山眺め野鳥の声にはしやぎゐる都会育ちの籠のインコは

甍

時超えて甍を池に映し在す九体の仏は何を見てゐん

夜の更けて駅舎の出口は明るめり出《い》でくる人等それぞれの香

ゆふぐれにねぐらを探す群鳥は啼き声高く中空を飛ぶ

来し方のわれの後ろに長き道選びし岐路に後悔はなし

冬の夜はチェット・ベーカーの声低く疲れし吾の心を癒す

傘開く指先の力弱くなりわれに向かひ来冷たき雨は

指輪

こでまりの重なり揺るる丸き房音符の様に調べ聞こゆる

庭隅に八つ手の花は天を指し花火のやうに耀ひ咲けり

帰り来てはづす指輪の温もりにまみえし人との語らひ思ふ

雨の午後茂吉の歌を書き上げぬ墨の香満ちて心しづまる

ぶな林踏み分け入れば涼風の木の間を渡り蟬しぐれ聞こゆ

向うより雲立ち来たり蟬しぐれ急に声なく川音響く

杜鵑草

道の端に紫穂先のゐのころ草風過ぐる時夕かげの立つ

秋の陽に杜鵑草咲きぬ紫の鹿の子模様は鳥の如しも

山の辺に車に轢かれしアヲゲラの見開く眼には力残りゐき

アヲゲラの羽根を洗ひて現れしオリーブ色と茶の縞模様

夜更けて思ひ廻らす時ありてくぐもる声の梟啼けり

紅葉散る歩道の母娘に陽が差して繋ぐ手ほどきスキップ始む

辞書の香

春立つ日颪のやはらぎ夕映えに槻の梢は丹色に染まる

家ごとに寺を祀りて花を添へヒンズー教のウブドは麗はし

雪降る日子等も加はり蟹なべをふうふう食みて温かさ増す

辞書の香に仏語に夢中な若かりき吾を想へり還暦の頃

ふと思ふ聡明なりし亡き姉の最後の筆談カタカナなりきを

香木の香りを聞きて香銘に中世美学の風流思ふ

野あざみ

連なれる青田に映る雲と山ちからみなぎる秋田水無月

昼下がり遊び疲るるインコ鳥まなこを閉ぢてまどろみはじむ

野あざみの花の蜜吸ふ揚羽蝶かぜにゆれつつ羽根とぢひらく

外灯に照らされつづける街路樹の哀れ蟬らは夜まで鳴けり

練習を重ねて歌ふ音楽祭指揮者の笑みに心満ちたり

亡き母も枕元にて聴きをりし「ラジオ深夜便」三十周年とぞ

菖蒲苑

家ごとに卯月の花を咲かせをり散歩も楽しわが町、小径

白き薔薇垣根に咲くを眺むれば家人は吾に一枝くれたり

垣根にはトウヲガタマの黄花咲くマスクはづして佳き香愉しむ

ステイホームそつと抜け出て菖蒲苑咲き揃ふ花ははつ夏の色

曇り日は空気沈みて心おもし白きあぢさゐ明るく咲けど

傘寿祝ひ花束くれし夫と居て誰より永き絆を思ふ

ことばひとひら

長き雨終りて秋の陽の中にまゆみは赤き実をつり下げをり

失ひし大きな重みのインコなりわれに甘えし小さき心

落葉の欅の枝にヲナガの巣ヒナ巣立ちしか夕日に映ゆる

師の歌を銀座画廊に出品す料紙に書きし「ことばひとひら」

寒き日も日課に歩く六千歩吾を励ますレッグウォーマー

寒き日に手をポケットに入れくれし遠き昔の熱き思ひ出

菊祭り

密をさけ明治神宮菊祭り黄菊の盆栽秋の陽に映ゆ

枯葉散る池に風吹き水面にさざ波光る晩秋の御苑《みその》

公園の楠一樹枝を張り北風に耐へ吾を見下ろす

小鳥にも心ある事知らしめし緑のインコわが掌に息絶ゆ

幼らは光る豊かな黒髪の脳合《なづき》はせてスマホに遊ぶ

窓外に広き空あり飽かず見る色の移ろひ雲の流れを

フェイスブック

コロナ禍も世界の人と繋がれり日々を分け合ふフェイスブックに

恒例の新年祝ふ家族会今年は持てず子等の声もなし

昼下がり睦月の課題のかなを書く初摺る墨の香り透きゆく

巣籠りて店の賑はひ思ふとき『銀座百店』吾に届きぬ

カレンダー捲くると目に入る若冲の赤き鶏冠　予定なき二月

蠟梅のはなびら取りてマスクに入れ甘き香りをしばし愉しむ

彩雲

路地先にほのかに沈む香りあり冬日の中に枇杷の花咲く

ラジオよりソフトロックの曲流れ心安らぐひとりの昼餉

おしなべて吾を守り来しわが夫の生日祝ふ月の澄みゆく

寒き日も終りに果たすウォーキング夕日に向かひ鳩は胸張る

子等の来ぬ夫と二人の正月膳思ひ起こせば五十余年ぶり

小寒の夕べに広がる彩雲は明日への期待を膨らましをり

お家流香道

お初会記録

御家流香道では毎年一月に「お初会」が開催されご宗家が出香される名香を鑑賞致します。その折に聞く香木の感想を短歌に詠む習いがあります。私は初回からお初会に出席していまして、その折聞きました香木の銘と短歌を記してみました。

尾崎左永子先生（左）とお香を聞く著者（鎌倉・香寿庵にて）
撮影・久米正美
「ハイミセス」1996年1月18日発行・新年号

昭和六十年（一九八五年）一月六日

お初会　　初回　　於　白金　八芳園

鑑賞香

白菊　　伽羅　　一木四銘　後水尾天皇より伝わり細川家伝来

ほととぎす　伽羅　百二十種名香のうち

石帯　　羅国　　百八十種名香のうち

いみじくも年の初めに麗しく気高き名香白菊を聞く

注　一木四銘　一つの香木に四つの銘が付けられた。

「藤袴（蘭）」　後水尾天皇勅名　「白菊」　細川三斎銘

「柴舟」　伊達政宗銘　「初音」　小堀遠州銘

昭和六十一年（一九八六年）一月十二日

鑑賞香

まどの梅　羅国
宝梅　伽羅
紅梅　羅国　百二十種名香　佐々木道譽所持

紅梅のきりりとしたる香を聞きてこのひととせの平安を願ふ

昭和六十四年（一九八九年）一月

鑑賞香

わかのうら　伽羅

蘭子（らんす）　伽羅　六十一種名香

白菊　伽羅　細川家伝来　一木四銘のうち

久方の光あふるる春の日に白菊を聞く幸ありがたし

平成五年（一九九三年）一月十日

鑑賞香

白鷺　伽羅

鶉　真南蛮　五十種名香

鳳翼（ほうよく）　伽羅　二百種名香　勅名香

酉年にちなみ「とり」の銘を持つ名香を聞く

白鷺や鶉、鳳翼飛び交ひて香り豊かな新春迎ふ

平成六年（一九九四年）一月九日

鑑賞香

須磨　真南蛮　六十一種名香

明石　真南蛮　六十一種名香

千鳥　伽羅　六十一種名香

須磨、明石、光源氏に思ひ馳せ千鳥の名香ゆかしき香り

平成七年（一九九五年）一月八日

鑑賞香

舟橋　伽羅　二百種名香
清水　羅国　百二十種名香
花の雪　伽羅　六十一種名香　水戸の徳川家より

柔らかき陽を浴びて聞く花の雪長き時刻み良き香は澄みゆく

平成十一年（一九九九年）一月十日

鑑賞香

霜夜　真那伽　六十一種名香

古木　羅国　六十一種名香

梅ケ峰　伽羅

名にし負ふ古木といふは昔日のセピア色なる懐かしき香り

平成十二年（二〇〇〇年）一月

鑑賞香

野辺の花　新伽羅

濱の松　新伽羅

八重桜　新伽羅　伊勢大輔中院通村卿銘

ミレニアム探しあてたる野辺の花ひつそりやさし新伽羅の香は

平成十六年（二〇〇四年）一月

鑑賞香

中のちゃわん　伽羅　水戸徳川家伝来

寒梅　真南蛮　上　六十一種名香

今朝の雪　伽羅　東山殿（足利義政）伝来

中の年穏やかに明け伽羅を聞く「中のちゃわん」とは面白き銘

平成十七年（二〇〇五年）一月九日

鑑賞香

鳳凰　伽羅　二百種名香　勅名香

梅が枝　伽羅　中院通村卿銘

白鷺　伽羅　白露と同じ　後水尾院勅名

酉年にちなんで鳥の銘香

梅が枝に白鷺止まり羽ひろげ良き香放ちて今舞ひ上がる

平成十八年（二〇〇六年）一月八日

鑑賞香

白牡丹

古木　伽羅　六十一種名香

今朝の雪　伽羅　東山殿御所持

穏やかに晴れる日に聞く白牡丹清しき香りの広ごりてゆく

平成二十年（二〇〇八年）一月六日

鑑賞香

埋木　伽羅　二百種名香　佐々木道誉所持

面影　伽羅　又は　羅国　百二十種名香　東福門院所持

雪間　伽羅　足利義政所持

新年に聞く初香り埋もれ木は土の中より出でたるごとし

平成二十一年（二〇〇九年）一月九日

鑑賞香

園の梅　伽羅
うぐいす　真南蛮　又は　伽羅
常盤（ときわ）伽羅　後水尾天皇勅名

丑の年明けて集ふるお初香常盤の松のごとく栄えん

平成二十三年（二〇一一年）一月九日

鑑賞香

八重桜　新伽羅　伊勢大輔中院通村卿銘

古木　伽羅　六十一種名香　佐々木道誉銘

常盤　伽羅　後水尾天皇所持

久方の光あふるるお初会名にし負ふ古木聞きて嬉しも

平成二十五年（二〇一三年）一月

鑑賞香

錦木　伽羅　東山殿所持

梅が枝　伽羅　中院通村卿銘

千代鶴　真南蛮　後西院勅名

厳冬のお初会に聞く香は銘も華やぎ香り良きかな

平成二十七年（二〇一五年）一月十一日

鑑賞香

夢枕　真那伽　百二十種名香　佐々木道譽銘

梅の下風　伽羅　霊元天皇勅名

吉（きち）　伽羅

初春の梅の下風ほんのりと伽羅の香りの漂ひ渡る

平成二十八年（二〇一六年）一月十日

鑑賞香

梅ケ峯　伽羅　西本願寺　住如上人銘

白菊　伽羅　細川家伝来

白菊のたぐひまれなる香を聞けば昔の初会思ひ起こしぬ

平成二十九年（二〇一七年）一月八日

鑑賞香

置霜　真南蛮

宿の梅　伽羅　実遠卿銘

霜夜　真那伽　六十一種名香

武蔵野の枯野に宿る置霜は朝陽を受けて水とけゆくらしも

あとがき

「星座α」に入会しまして十年になります。締め切りに追われ詠んだ歌も時系列に並べて見ると私の歩んで来た道が表れているようにも思え、歌集を編むことを思いつき、主筆の尾崎左永子先生に伺いましたら「為さってみたら」とお許しを頂きました。

私は外国語を専門に学び、英語、フランス語とその文化に魅せられ、外国に日本文化を紹介することに努めてきましたが、最後は日本語に戻ったように思えます。

尾崎先生とは長年、香道のお仲間でありまして、三十年以上ご一緒に香道書を読んだり、伊勢神宮遷宮の年の献香式、鎌倉鶴ヶ岡八幡宮の献香式、お香会、仙台、奈良でのお香会などご一緒しました。江戸時代に書かれた香道書『香道蘭乃園』の翻刻本をご一緒に六年かけて出版。お会いする折々に人生の先輩としてさまざまのことを教えて頂きました。

ある時、昼食に寄ったレストランのテーブルにガラスの花瓶にミニバラが活けてありまして、薫遊舎（香道を学ぶ仲間）の皆さまと短歌を詠んでみることとなりました。先生は「歌を詠む前にその対象を良く観察して」と一言おっしゃられ、みんなで一首詠みました。私は初めて先生が短歌の先生であると思った時でした。以来先生の歌集を読み、歌会に出席して教えて頂いています。

未熟な私に歌集を上梓することをお許しくださり有難うございました。そして尾崎左永子先生のお言葉で巻頭を飾ることが出来ましたことは望外の幸せです。

日頃、「雲の会」の藤岡きぬよ先生、「覇王樹」代表の佐田公子先生にご親切なご指導を頂き心からお礼申し上げます。

紅書房の菊池洋子さまには多大なお世話を頂き歌集を完成させることができまして有難うございました。心よりお礼申し上げます。

小仲　佳代子

二〇二一年　卯月

著者略歴

小仲佳代子（こなか・かよこ）

一九四〇年　東京に生まれる
一九五八年　フェリス女学院高等学校卒業
一九六二年　慶應義塾大学文学部英文科卒業
在学中（一九六〇年）スタンフォード大学夏季交換留学生として渡米
一九八二年　香道お家流三條西尭山先生に師事
ニューヨーク、パリ、南米など海外に香道紹介
二〇〇二年　『香道蘭乃園』翻刻出版（淡交社）
二〇一一年　「星座α」に入会する　「雲の会」所属

歌集　玉響（たまゆら）　奥附

著者　小仲佳代子＊発行日　二〇二一年九月二十八日　初版
発行者　菊池洋子＊印刷所　明和印刷＊製本所　新里製本
発行所　〒一七〇-〇〇一三　東京都豊島区東池袋五-五二-四-三〇三
info@beni-shobo.com　https://beni-shobo.com
紅（べに）書房
電話　〇三（三九八三）三八四八
FAX　〇三（三九八三）五〇〇四
振替　〇〇一二〇-三-三五九八五
落丁・乱丁はお取換します

ISBN978-4-89381-346-6
Printed in Japan, 2021